Weil eine Welt mit Geschichten eine
bessere Welt ist.

Luna Winkler

Straßenlaternensterne

Life is a story

story.one

1. Auflage 2021
© Luna Winkler

Herstellung, Gestaltung und Konzeption:
Verlag story.one publishing - www.story.one
Eine Marke der Storylution GmbH

Alle Rechte vorbehalten, insbesondere das des öffentlichen Vortrags, der Übertragung durch Rundfunk und Fernsehen sowie Übersetzung, auch einzelner Teile. Kein Teil des Werkes darf in irgendeiner Form (durch Fotografie, Mikrofilm oder andere Verfahren) ohne schriftliche Genehmigung des Copyright-Inhabers reproduziert oder unter Verwendung elektronischer Systeme verarbeitet, vervielfältigt oder verbreitet werden. Sämtliche Angaben in diesem Werk erfolgen trotz sorgfältiger Bearbeitung ohne Gewähr. Eine Haftung der Autoren bzw. Herausgeber und des Verlages ist ausgeschlossen.

Gesetzt aus Crimson Text und Lato.
© Fotos: unsplash.com

Printed in the European Union.

ISBN: 978-3-99087-685-5

Für dich, der mich fängt, wenn ich falle,
der mich stützt, wenn das Leben versucht,
mich niederzuschmettern. Weil du mein
Licht in der Dunkelheit bist. Weil ich dich
liebe.

INHALT

Was wäre,…	9
Die Kollegen sind dran	13
Der Junge mit dem Regenschirm	17
Von Vorzeige-Feten und anderen Katastrophen	21
Rap Goddess – oder die Sache mit der Musik	25
BeschEIDenheit	29
[1] Ohne fremde Hilfe	33
[2] Ohne schlechtes Gewissen	37
[3] Ohne Anhaltspunkte	41
Die Kindergartenweisheit	45
An die Mädels	49
An die Jungs	53
Immer wenn es regnet	57
Wie ein Fisch im Nebel	61
Straßenlaternensterne	65

Was wäre,...

… wenn alles, an das man jahrelang geglaubt hat, sich als wertlose Illusion entpuppt? Was, wenn all die Liebesballaden und Goethes Gedichte über die Liebe nichts weiter wären als sinnloses Geplänkel?

Was, wenn all das alles, was man bisher immer erreichen wollte, nichts weiter wäre als das, was man nun verhindert zu werden? Wenn so vieles, was scheint wahr zu sein, zwar wahr ist, diese Wahrheit jedoch der bitteren Realität entspricht?

Was wäre, wenn derjenige, den man als seinen Freund ansah, dies auch bleiben würde und nicht zum Feind seinerselbst mutierte?

Wenn die Liebe das wäre, was die undefinierte Definition vorschrieb?

Wenn John Lennon es sich nicht nur vorgestellt hätte, sondern die Welt das wäre, was seine Zeilen als Irrealität voller fantastischer Ideen dargestellt haben?

Wenn die Wörter „Jugend" und „Liebe" bis ins hohe Alter nebeneinander liegen würden?

Was wäre, wenn da tatsächlich niemand ist, von dem wir aber Schriften lesen, in dem Glauben, sie wären wahr?

Wenn eben diese nur ein Trugschluss wären, nichts weiter als ein jahrtausendelanger Irrglaube?

Was wäre schon der Mensch ohne Glaube, insbesondere ohne Hoffnung, wenn das Leben ihn mit Angst und Furcht steinigt?

Was wäre, wenn sie einen anderen Weg eingeschlagen, einen anderen Pfad beschritten hätten?

Was wäre, wenn sie ihre Entscheidung ändern könnten?

Wenn sie die Liebe wiederfinden würden, was wäre, wenn diese nicht unter dem Schutt der Vergangenheit begraben liegen würde?

Was wäre, wenn es eine Zukunft gäbe, die nicht von Vergangenen überschattet wird?

Was wäre, wenn es ein Morgen nach dem Gestern geben würde?

Wenn ein „was wäre, wenn" nicht existierte, sondern dafür ein „Wir."

Die Kollegen sind dran

Seine Augen glänzen. Ob vor Tatendrang oder weil ihn die leichte Übelkeit befällt. Schnell streckt er den Rücken durch, strafft die Schultern, auf denen die Schwere des Regens lastet, der munter auf seiner Dienstjacke seinen sprunghaften Tanz aufführt.

»Todeszeitpunkt?«

»Die Kollegen sind dran.«

»Ausweis? Papiere?«

»Kollege kümmert sich drum.«

Es sind immer die Kollegen, die die Arbeit erledigen. Er ist noch nicht lange hier und doch ist ihm diese Masche schon des Öfteren aufgefallen. Für Schmidtmeyer machen immer alles andere „die Kollegen".

Von denen ist an diesem kalten, trüben Novembermorgen allerdings wenig zu sehen. Die Straße ist vollkommen leer, abgesehen von ihnen und der Leiche zu ihren Füßen. Noch nicht einmal Schaulustige zieht es bei diesem Wetter hinaus auf die Straße, hin zu dem Unfallort. Tatort. Es kümmern sich ja die Kollegen drum, wie man es letzendlich in den Akten zu lesen bekommt.

Ihm wird ganz flau im Magen. Bestimmt der Kaffee. Bei der Plörre, die ihm vorgesetzt wurde, musste Übelkeit ja daraus resultieren. Oder es ist diese bedrückende Stille, die ihm zu Magen schlägt, ist er sie denn so gar nicht gewohnt.

Es ist wirklich erschreckend still, noch nicht einmal der Wind wagt es, die Nebenschwaden der Morgendämmerung davonzujagen, die da hinten am Waldrand entlangschleichen. Wie Täter auf frischer Tat, so kommen sie ihm vor.

Er schluckt und sein Blick wandert ungewollterweise zu seinen Stiefeln und das, wo vor sie zum Stehen gekommen sind. Starr liegt sie da, ihr Körper verharrend in der grotesken Haltung, die ihre Gliedmaßen im Kampf gegen den Tod eingenommen hat.

Sie ist noch ziemlich jung. Nicht älter als dreiundzwanzig, so schätzt er. Doch er hält dem Anblick ihres zerschundenen und entstellten Gesichts nicht länger stand, versucht seine müden Augen von ihr zu wenden, unter denen tiefe Ringe wie Balken liegen.

»Armes Mädl.«

Er nickt, obwohl er nicht recht weiß wieso. Einfach aus Reflex, eigentlich ist er doch viel zu schockiert, um überhaupt zu reagieren. Aber das ist nunmal sein Job, auch, wenn er ihn nicht unbedingt gerne macht. Sein Schicksal. Seine Vorbestimmung. Wie das der jungen Frau hier zu liegen und an diesem trüben Novembertag, auf noch ungeklärte Weise den Tod zu finden.

Das machen ja die Kollegen.

Der Junge mit dem Regenschirm

Tropfen hüpfen munter den Gehsteig auf und ab, treffen auf kalten Teer und dunkle Dächer. Sie rinnen in kleinen Sturzbächen an ihnen herab, treffen auf nasses Gras und noch nassere Pfützen.

Es tropft in regelmäßigen Abständen von seiner tief in die Stirn gezogene Kapuze, erst als er den Schirm aufspannt, bringt es die Erlösung. Sie lächelt.

Es ist ein blau-grün gestreifter Regenschirm, den gleichen hat sie auch gehabt, wohl als sie in demselben Alter war wie dieser fremde Junge da am ozeangleichen Bürgersteig.

Sie kennt ihn nur vom Sehen, sieht in nur ab und an, wenn er in den Bus ein oder aussteigt.

Er wird sie dabei nie beachten. Bis jetzt hat sie das auch nur selten. Doch jetzt schlurft er da an dem Zaun des Gartens entlang, der direkt an die Haltestelle angrenzt.

Und sie sieht ihm dabei zu, ihr Augenmerk immernoch wie paralysiert auf den hin und her wankenden Schirm über ihm gerichtet.

Es scheint, als würde er ihn nur deswegen aufgespannt haben, damit die Mutter nicht schimpft, nicht weil er nicht nass werden wollte, ganz im Gegenteil.

Seine Schuhe sind schon völlig durchnässt und auch seine Hosenbeine sind getränkt in dem Regenwasser, das kniehoch spritzt, als er in den weiten Lachen des von Furchen durchzogenen Gehwegs umherhüpft und größte Freude daran findet.

Sie muss lächeln. Belustigt. Nostalgisch. Verbittert. Sie kann sich nicht daran erinnern, wann sie das letzte Mal so, voller Herzenslust in genau solche Pfützen gesprungen war.

Pitschnass heim gelaufen und dabei so lange getrödelt hat, dass ihre Mutter sich schon gesorgt hat.

Der Bus fährt endlich weiter, vorbei an den Jungen, der dabei noch nicht einmal aufsieht, sondern sich weiter damit begnügt, einen neuen

Spritz-Höhen-Rekord aufzustellen, bis zu der unteren Hälfte seines Parkas geht es schon, das Wasser der Pfützen. Der Bus beschleunigt und der kleine Junge entschwindet aus ihrem Blickfeld.

Der Regenschirm liegt achtlos beiseite geworden auf dem ozeangleichen Bürgersteig und in seiner Unterseite sammelt sich der Regen in einer kleinen Lache.

Von Vorzeige-Feten und anderen Katastrophen

Wir kennen sie alle.

Erst gestern war ich auf einer. Tatsächlich war es weniger schlimm als zuerst angenommen.

Gut, rechnet man den Stress, was man anzieht, den flauen Magen, der es mir verbot das Buffet auch in vollen Zügen zu genießen und das unsichere Hilfe-Ersuchen mittels Blicke weg. Zieht man dann noch die Ungeschicklichkeit ab, die es einem unmöglich macht, ohne groß Aufmerksamkeit zu erregen, aus der engen Lücke zwischen Partner und einem fremden Gast rücklings auszuparken, ja dann, dann wäre es ein schönes Fest.

Ich weiß auch nicht recht, woher ich das mit der Ungeschicktheit habe. Was ich weiß, dass es nicht gerade von Vorteil ist, weiß man, dass wenn man ein wunderschönes weißes Oberteil anzieht, dieses nicht weiß bleiben wird. Wir kennen es ja alle.

Wen ich allerdings gestern nicht kannte, war so gut wie jeder Gast. Gut, man kann auch nicht jeden kennen. Ich kannte keinen. Noch nicht mal das Geburtstagskind, für das ich auf Teufel komm raus irgendeinen x-beliebigen Sekt besorgt habe. In weiser Voraussicht habe ich diesmal auf ein Massaker a la weißes Oberteil mit einem Schuss Soße oder ähnlichen verzichten wollen und daher ein graues Kleid angezogen. Ein Kleid. Ich. Das ist eine dieser Kombis, bei denen man nicht so recht weiß, wie man sie auffassen soll. Ich trage sogut wie nie Kleider. Nicht, weil sie mir nicht stünden oder ich keine hätte. Eher weil ich mich kenne und weiß, dass das nur in Peinlichkeiten für mich endet.

Gestern also habe ich es gewagt. Trotz chronischer Ungeschicktheit, trotz wackeliger Bierbank. Trotz der Tatsache, dass das Nicht-kennen auf Gegenseitigkeit beruhte. Ich konnte ja schlecht in der 90er-Hip-Hop-RnB-Kluft antanzen wie für gewöhnlich. Also Kleid. Gut.

Die meiste Zeit verbrachte ich damit, Gespräche zu führen, mit Leuten, die ich kannte oder zumindest glaubte zu kennen. Smalltalk. Hin und wieder eine Alberei mit dem Liebsten, von dem ich ab und an die ein oder andere Zusatzinfo über den ein oder anderen Onkel, Verwandten - Fremden- bekam. Es ist unglaublich, wie viel man an einem einzigen Abend über die Leute lernen kann.

Als Anhängsel des Partners und/oder als Gästelistenlückenbüßer bei runden Geburtstagen lässt es sich aushalten. Man weiß oft mehr über die Leute als sie über einen und das gibt einem selbst wieder die Chance, sich inspirieren zu lassen. Viel mehr kann man auch gar nicht tun, außer Smalltalk, desorientiert umherblicken oder herumzualbern.

Ich weiß nicht, was mein Liebster von dem Abend hielt, immerhin war es seine Familie, für die ich auf den Prästentierteller gelegt wurde. Aber bei den vielen Tellern des Buffets bin ich wohl gar nicht so aufgefallen und da das Essen hervorragend war, konnte weder er noch ich mich beschweren.

Rap Goddess – oder die Sache mit der Musik

„Music is reflection of 'self"

Musik ist etwas, was mich bis heute mehr fasziniert als alles andere. Neben Liebe und Gefühlen überhaupt wohl das kurioseste, für den einfachen Menschen nicht verständliche, etwas klar begrenztes, aber doch nicht eindeutig definierbares. Etwas Alltägliches mit übernatürlichem Flair.

Ich lehne an der vibrierenden Scheibe, sehe gelangweilt aus dem Fenster, an dem Häuserreihen vorbeirauschen, dann Baumstämme, zumindest so weit der Nebel zulässt ihre schlanken Körper zu betrachten. Aus meinen Kopfhörern dringt eine Stimme, meine eigene, mit aufgesetzten amerikanischen Slang. Ich blicke auf mein T-Shirt hinab. Lächle stolz, als mir wieder einfällt, dass ich ja den Künstler höchstpersönlich durch die Gegend trage, dessen Lyrics ich in diesem Moment von mir selbst zu hören bekomme.

Stolz. Ja, so kann man das wirklich nennen. Ich war stolz, als mir das verheißungsvolle Päckchen am Tag zuvor vom Postboten in die Hand gedrückt wurde. Umso stolzer war ich, als ich es anprobierte, es passte. Und es ist der pure Stolz, es nun endlich in der Öffentlichkeit zu tragen, sich nicht nur als großer Fan, sondern als kleiner „Stan" zu outen und genauso lässig wie der Rap God selbst im Bus zu lungern, natürlich mit dessen Musik in den Ohren.

Lustig, bedenkt man, dass Hip Hop vor geraumer Zeit etwas war, womit man mich regelrecht jagen konnte. Die Leute, die mich kennen, die wenigsten würden mir diese Behauptung abkaufen. Man kann sagen, ich sei da „hineingerutscht." Doch spätestens dann, als eine Freundin mir vor kurzem den Spitznamen „Rap Godess", also quasi DEN Spitznamen gab, da wurde mir bewusst, dass ich aus dieser Hip-Hop-Nummer nicht mehr allzu schnell herauskomme.

Ich habe ihn gehasst. So schnell. Scheinbar ohne Gefühl, einfach drauf los, ja schon fast planlos. Rap. Hip-Hop. Eine Schande für die Musikindustrie. Teilweise „legendär", für alle die, die knallende Beats auf der Terrasse hörten, um den Feierabend in vollen Zügen zu genießen. Ohrenkrebs verursachend für die, die damit gestraft waren, Nachbarn derer Samy Deluxe - Fanatiker zu sein (dabei können sie froh sein, wenn seine Stimme durch die Wände schallt, denn ihn versteht man zumindest noch).

Ich weiß, ich weiß. Die Geschmäcker sind verschieden. Und ich bin der lebende Beweis, dass Geschmäcker durchaus in der Lage sind sich zu ändern. Man mag es nicht glauben, aber dank besagtem Artist auf meinem Shirt hat sich doch auch mein Geschmack verändert und nicht nur das — er hat eine 180 Grad Wende, Flickflack mit anschließendem Handstand vollführt. Respekt wer's selber macht. Bei mir war's Eminem.

Aber natürlich jedem das Seine. Das meine war es eben heute mit Schlaghosen aus den 90ern, weit über die Knöchel und meine Retro-Sneaker reichend, mit selbstbemalten Cap und Vintage-T-Shirt zum Wandertag zu erscheinen.

Hat mich das amüsierte Lächeln des ein oder anderen gestört? Nicht im geringsten. Tatsächlich war ich einfach nur stolz.

BeschEIDenheit

Der warme Wind des lauen Juliabends weht um meine Schultern, auf denen eine Last zum Liegen gekommen ist, seitdem ich das Poloshirt übergezogen habe. Verantwortung. Die Leute, die an uns vorbeigehen, sie lächeln uns an und wenn ihr Blick auf die von einer sanften Brise gewogenen Fahne fällt, so nicken sie anerkennend.

Ein wenig nervös bin ich ja schon. Es ist das erste Mal, dass ich Aufsicht habe und der Tag, an dem ich das Shirt zum letzten Mal getragen hatte, der ist schon ziemlich lang her. Seitdem lag das weiße Poloshirt mit dem Vereinslogo in der hintersten Ecke des Schranks — ein Wunder, dass ich es überhaupt gefunden habe. Das ist aber nicht nur meiner chronischen Unordentlichkeit, sondern auch einfach Corona zu verschreiben. Man kann zwar nicht alles, aber doch das meiste auf die Pandemie schieben.

Wie verabredet radle ich also zu meinem Wachdienst, den ich pünktlich antrete, gespannt, was die nächsten zweierhalb Stunden für mich parat halten werden. Denn eins ist uns schon im

Voraus gewiss: die Volksmusik wird uns nicht in actionreiche, selbstlose Situationen befördern (uns höchstens den letzten Nerv rauben). Obwohl solche Fälle selbst bei zeitgemäßerer Musik für unsere Generation seltenst vorkommen, mehr als das ein oder andere Pflaster wurde nämlich in den letzten Jahren auch nicht vergeben, bekomme ich gesagt.

Ich lächle ein wenig, als der zum Listen-Abhackeln verdonnerte, ältere Herr vor mir, mich fragt, ob ich denn von der Wasserwacht sei. Ich nicke und beinahe wäre mir ein „Sieht man das denn nicht?" herausgerutscht. Auch die Frage, ob ich mein Seepferdchen bestanden habe, bejahe ich amüsiert und nach seinem Vorbeiwinken per Kopf passiere ich die unsichtbare Schwelle.

Es ist noch nicht allzu viel los. Vereinzelt und natürlich Corona-konform sitzen die Gäste auf den unbequemen Bierbänken, hier und da sieht man auch jemanden seinen eigenen Stuhl auf das Serenadengelände schleppen. Alle warten sie. Wir ebenfalls. Und dennoch nicht auf dasselbe.

Irgendwann bequemt sich der Dirigent dann doch dazu seine Schüler zum reichlich geübten Spielen zu bringen und mit den ersten Klängen und den ersten Schunkel-Bewegungen, kommt auch die leichte Anspannung auf. Doch die Stunden verlaufen ruhig, genauso wie die Securitymänner im Eingangsbereich patrouillieren und uns ab und an mitleidig zuzwinkern. Doch auch für sie ist und bleibt es die einzige Aufgabe, leicht irritierte Besucher den Weg zu den Toiletten zu weisen.

Ich bin dennoch zufrieden. Mit mir selbst, mit der Veranstaltung und mit den nicht existenten Unfällen. Zufriedenheit und Freude sind es, die mich auf meinen Heimweg begleiteten, denn ich weiß, dass obwohl ich nichts Großartiges vollbracht habe — eigentlich nur mit meiner Anwesenheit bereichert habe — trotzdem Teil von etwas Großes war.

Mir entwischt ein Schmunzeln, als ich an einem Bier trinkenden Männertrupp vorbeifahre.

»Dou scha' her, etz kannst da'trinken, d'Wasserwacht homma a dou.«

[1]Ohne fremde Hilfe

Aus dem kleinen Radio, das dort einsam auf dem kühlen Fensterbrett steht, dringt rauschend Musik. Schnee klopft an die Fensterscheibe und lässt die Kinder draußen am Gehweg nicht ganz so weiße Schneemänner formen. Die große Standuhr im Wohnzimmer schlägt vier Uhr, draußen beginnt die Dämmerung genau wie er sich ihren Weg zu dem Hochhaus bahnen, leise, ohne aufzufallen.

Ihre faltigen Hände haben den Stift umschlossen, vor ihr auf dem Tisch liegt seit Tagen das ein und dasselbe Sudokuheft, stillschweigend wartend, endlich komplett gelöst zu werden.

Seine Stiefel hinterlassen weite Lachen, als er die Stufen hinaufsteigt, sich immer weiter nach oben schleppt, sein eigenes und das Gewicht seines triefenden Parkas, in dessen Fellkapuze immernoch kleine Flocken hängen. Abteil 3, Haus B. Der Griff um das schon Rostflecken zeigende Messer verengt sich, als er gewaltsam mit dem Fuß gegen die Wohnungstür drischt, ein, zweimal. Es hallt entsetzlich in dem schmalen Treppenaufgang wieder, sein Keuchen ist wohl noch ein Stockwerk tiefer zu hören, als endlich, ja da gibt die Türe endlich seinen vehementen Tritten nach.

Die Musik läuft unbeirrt weiter, der Stift liegt weiterhin unentwegt in ihrer Hand, die andere ist auf dem Heft zum Liegen gekommen. Der Boden knarrt und knarzt, mit schnellen, zielstrebigen Schritten läuft er auf die Küche zu, warmes Licht flutet aus jener.

Da stehen sie sich gegenüber. Eher er steht und sie sitzt da, zusammengesunken auf dem unbequemen Holzstuhl.

Es vergeht keine Minute, es dauert nicht lange, es ist offensichtlicher und einfacher als er gedacht hat. Seine Hand arbeitet von alleine, sie umfasst das schmächtige Handgelenk seines Opfers, aus dessen Körper jedes Leben gewichen ist. Da ist kein Puls mehr, eindeutig.

Ohne großen Aufwand betrieben zu haben, wandert sie zurück in seine tiefe Tasche, sie lässt das Messer los, das dumpf auf dem Teppichboden auftrifft, der unter seinen nach hinten taumelnden Schritten vibriert.

Die Tür lässt er offen stehen, sperrangelweit.

Sein Opfer, zusammengesunken auf einem unbequemen Holzstuhl sitzend.

Das Messer auf dem Teppichboden liegend, der sich langsam verfärbt.

[2]Ohne schlechtes Gewissen

Er ist gerade auf dem Weg ins Studentenheim, als ihn der Anruf ereilt. Nicht wirklich verwundert über die Nummer, die sich auf seinem Display abzeichnet, nimmt er ab. Hat sie ihn denn nicht schon des Öfteren angerufen, immer wegen des gleichen. Diesmal also eine Alkoholvergiftung. Die Ärzte bangen um sein Leben. Er soll ihn doch besuchen kommen, meint die Stimme am Telefon, wer weiß wie lange seine Leber die Strapazen noch mitmacht, wer weiß wie lange er noch Gelegenheit hat, mit ihm zu sprechen. Er lehnt dankend ab und legt auf. Sein Gesicht, dass sich in dem Schaufenster spiegelt, vor dem er unbewusst zum Stehen gekommen ist, sieht blass aus. Wieso nur? Es ist ja nicht das erste Mal.

Und dennoch ist es das erste Mal, dass ihm direkt auffällt, wie glücklich die Menschen um ihn herum sind. Wieso auch nicht, Weihnachten steht vor der Tür. Ein weiteres Weihnachten, das er mit seinem schrägen Zimmergenossen und einem Tetrapack billigstem Glühwein verbringen wird. Ihn graust diese alljährliche Vorstellung des Alleinseins aber gar nicht mehr, so sehr ist er es schon gewohnt, kennt er es denn gar nicht anders seit klein auf.

Damals war es Kinderpunsch. Heute ist es eben Discounter-Glühwein.

Er stülpt den Kragen seines Parkas nach oben und setzt seinen Weg durch die florierende Fußgängerzone fort. Da denkt er an sie. An ihre stumpfen Augen, die tiefen Ringe, die unter ihnen liegen. Diese Hoffnungslosigkeit, die er selbst mehr als gut kennt. Ihr lückenhaftes Lächeln, das einst so hübsch war. Und an ihn. An seinen humpelnden Gang. An sein abgemagertes, hageres Gesicht, das schon als sie jünger waren ein Abbild des Leids war. Er erinnert sich an den kalten Morgen, als er die beiden am Bahnhof gesehen hat, sehen musste, wie tief sie gesunken waren, wie sie ihr Leben und ihre bisherigen Therapieerfolge mit diesem einen Zug zunichtegemacht haben.

Wut keimt in ihm auf. Er will nicht an die Methoden seines Therapeuten denken, um diese Wut unter Kontrolle zu bringen. Er fasst einen Gedanken. Er umschließt das Messer fester, das er von jenem Obdachlosen vorhin gekauft hat, zu einem Spottpreis. Rostflecken zeigt es, aber zum Kochen wird es gut sein, dachte er. Zum Rächen sicher auch, denkt er.

Seine Füße steuern unbeirrt auf das Hochhaus zu. Da, da oben, im dritten Abteil, Haus B, dort haben sie so viel über sich ergehen lassen müssen. Verbitterung steigt in ihm auf, als er an sein eigenes, nicht viel besseres, aber weniger qualvolleres Leben denkt. Ohne Mutter und mit einem Vater, der durch diese Tatsache zur trinkenden Bestie mutiert, ist es nicht leicht. Aber lieber keine Mutter, als eine, die einen misshandelt.

Der Tag, an dem die Geschwister zu ihm aufs Zimmer gebracht worden waren, war ein Dienstag gewesen.

Er würde es tun. Er würde sein damaliges Versprechen einhalten, hat er es nicht mit seinem Blut besiegelt. Treppe rauf, Tür auf, hin zur Küche. Da sitzt sie. Stumm, starr. Leichenblass. Ohne Puls. Schon des Längeren. Tot. Ohne fremde Hilfe.

[3]Ohne Anhaltspunkte

Unschlüssig stehen die beiden in der kleinen Küche mit dem Einbauherd und dem alten Spülbecken aus Emaille. Die wenigen Kollegen der Spurensicherung sind gerade durch die Türe und nun ist eigentlich alles getan, was getan werden musste.

Leichenabtransport. Beweismittel sichergestellt. Die Nachbarn befragt, einschließlich der leicht besorgten Nachbarin ein Stockwerk tiefer, von der auch der Anruf kam. Eigentlich ist alles getan.»Ich weiß nicht recht, was ich von dem Ganzen halten soll.« Verwunderung ziert seine sonst so ernsten Gesichtszüge, heute zeigen sie nichts weiter als Nachdenklichkeit. Auch die Miene seines Kollegen ist ein einziges Fragezeichen, schon seit sie hier sind und seine Stirn wirft tiefe Falten. »Des is' echt komisch.« Ein bejahendes Murren ist von Wagner zu hören, immernoch in Gedanken versunken, die ihn schon seit Stunden durch den Kopf gehen, streicht er mit dem Finger an der Kante des Tischs entlang. »Frog mi' 'mal. Seit gurd 10 Jorn nimma. Aber des hier, des is' scho echt vertrackt.« – »Wer genau war nochmal unsere Tote?« Er sieht auf und erwartet eine einleuchtende Antwort, die das Gedankenkarussell hinter seiner Stirn anhält und Licht in diesen Fall ohne Anhaltspunkte bringt. »Wie gesagt. Frau Schwarz war den meisten hier im Block bekannt. Spätestens seit dem Skandal damals, in den Achtsgern. Joa, und dem Bericht den Anwohnern zufolge eine gutmütige, alte Dame mit Gehhilfe. Nix Mords auffälliges.« – »Abgesehen von dem damals.« – »Ja mei. Is' a scho a zeitlang her.« – »Ändert aber nichts an der Tatsache, dass es das einzige ist, was uns Aufschluss darüber geben könnte, was sich hier vor kurzem abgespielt hat.« – »Ach, spekulieren's nird rum, Herr Hauptkommissar, des wird keiner erfahren. Alle die dabei waren san wech.« Schweigen erfüllt den engen Raum, der draußen einsetzende Regen schlägt gegen die Fensterscheibe. »Was haben wir Kreuzer? Eine Tote, auf natürliche Weise verstorben, so viel steht fest.« – »Herzkaschper, dad ich sog'n, ja.« – »Egal, das wissen wir spätestens nach der Obduktion. Aber zudem eine eingetretene Wohnungstür, ein altes Küchenmesser am Boden, mit fremden Fingerabdrücken.« – »Vo' wem wiss'ma a scho' bald.« – »Aber selbst wenn. Er oder sie hat augenscheinlich nichts mit dem Tod unseres Opfers zu tun.

Wir können ihr oder ihm nichts anlasten.« – »Zumindest nichts, wofür er eingebunkert werden könnte.« – »Allerdings.«

Unschlüssig stehen die beiden in der kleinen Küche, ohne Anhaltspunkte, das Sudokuheft auf den Tisch immernoch darauf wartend, endlich gelöst zu werden.

Die Kindergartenweisheit

Ich bin ich.

Das ist weder eine Parole aus einem Selbstfindungsratgeber, noch der Slogan irgendeiner Fitnesswerbung. Obwohl beides ja irgendwie Sinn ergeben würde. Aber dieses "ich bin ich" ist heute einfach mal eine Feststellung. Eine nicht zu begründen verpflichtete Tatsache. So etwas muss es nämlich auch mal geben. Es gibt ja nicht umsonst das allen Eltern mit Kindern im Kindergarten bekannte, teils vertonte Gedicht mit selbigen Titel.

Ich bin ich und du bist du.

Fertig. Eine Lebensweisheit mit gerade einmal 7 Wörtern. Prägnant. Einprägsam. Und doch wird diese scheinbar simple Art des Denkens entweder verlernt oder von dem Mainstream der sozialen Wertehaie vollkommen verschluckt. In Zeiten von Body-Positivity, denn Body-Shaming ist aus dem Trend geraten, könnte man meinen, jeder lebe nach diesem Prinzip, ist es nicht Teil des Weges zum eigenen Glück. Neben

Floskeln wie "leben und leben lassen" und "was man nicht will…" (genau, jeder weiß wie es weitergeht), Grundregeln. Ungeschriebene, naja, manchmal geschriebene Gesetze.

Ich bin also ich.

Gut. Für jeden bedeutet das jetzt wieder etwas anderes. Vielleicht ist genau das die Schwierigkeit mit dieser Weisheit, sie ist auf verschieden Weisen auslegbar. Sonst wäre es ja keine Weisheit, denn die sind auf den ersten Blick gar nicht so einfach wie sie aussehen, sondern meistens ziemlich vertrackt. Manche werden diese Aussage positiv sehen. Mir eingeschlossen, bin ich nicht ein hoffnungsloser Optimist. Andere werden es als negativ, wenn nicht sogar als passende Grabsteininschrift auslegen. Ja mei. Dann ist's eben Ansichtssache. Es ist überhaupt schwierig, selbst wenn man diese viel verwendete, kaum verstandene Aussage als etwas Gutes auffasst.

»Hast du schon gehört…« – »Irgendwie kommt mir die…« – »Ganz ehrlich: ich finde ja, dass…«

Egal. Egal was du findest, nicht findest oder gar nicht versuchst zu finden! Angebracht wäre es das Sing-und-Tanz-mit-mir-Buch zu finden, in dem diese drei Worte stehen! Ich bin ich. Nicht mehr und nicht weniger. Das heißt dann auch, das alles, was zu einem selbst gehört, darin miteinbezogen wird? Ja genau das heißt das. Dazu gehört dann dein sarkastischer Humor, die Zahl auf der Waage, die irgendwie immer das Verkehrte anzeigt und ja, leider Gottes auch dein Hang zu Alkohol in endlos zu scheinenenden Nächten. Alles. Deine Fehler, deine Stärken, deine Gefühle, Gedanken, deine Meinung —und natürlich die Meinung über eben diese von Leuten, die glauben diese zu kennen, eine solche zu besitzen und sich eine aus deinem Verhalten über dich bilden zu können. Da wird's dann doch kompliziert, nicht wahr?

Leider ja. Und damit wird nie Schluss sein, es sei denn es käme jemand auf die grandiose Idee, diesen Kindergartenspruch auch in die Schulen und Unis, in die Büros und auf die Baustellen zu bringen. Oder einfach nicht nur für irgendeine Werbung herzunehmen, sondern als Banner quer über den Himmel.

Ich bin ich. Und ich bin eben ein Träumer.

An die Mädels

Es ist schon wie verhext.

Wenn wir uns schminken, sind wir zu „unnatürlich". Wenn wir es sein lassen, folgen Kommentare wie »Uh, die lässt sich aber in letzter Zeit gehen« oder »Hast du Schlafprobleme? Siehst müde aus«. Wir schütteln dann nur leicht den Kopf, wirken peinlich berührt, doch hinter unserer Stirn, die entweder übersät ist von Pickeln, Falten oder anderen monströsen Erscheinungen, die es zu kaschieren gilt, bricht ein wahres Konter-Sätze-Inferno los.

»Du brauchst gar nichts sagen, schaust du dich daheim eigentlich in den Spiegel?« – »Pack dich mal an deiner eigenen Krawatte, die du seit Jahren von deiner Frau binden lassen musst.«

Ist diese innerliche Schimpfwörterkrise erst mal überwunden, was meist schon nach wenigen Minuten, in denen wir -genau- den Kopf schütteln und dabei, multitaskingfähig wie wir sind, lächeln, der Fall ist und uns die *zu* ehrliche Person stehen lässt, bricht eine Welle der Selbstzweifel über uns herein, von der man nach unten, auf den Grund der Unsicherheit gezogen wird. Und von dort ist der Weg ans Ufer der Selbstakzeptanz mit den schattenspendenden Bäumen der Selbstliebe ein seeeeehr weiter Weg – kurz: es ist schier unmöglich.

Und das du dich unmenschlich gesund ernährst, täglich joggst und deine Work-Life-Sleep-Balance wunderbar ist, ändert auch nichts daran, dass du mit dir selbst nicht im Gleichgewicht stehst. Wir bekommen Vorschriften, wie wir uns zu kleiden haben, wie wir uns verhalten sollen, was wir tun und was wir lassen sollen.

Ausschnitt – ja nicht zu viel. Kragen bis unter das Kinn – um Gotteswillen, was hat sie denn heute wieder an. Haut zeigen und wenn ja, wie viel? Es ist zum verrücktwerden, wenn frau jeden Morgen unschlüssig vor dem Kleiderschrank steht, eh schon spät dran, von zig Hosen und Oberteilen umgeben, alle wild aus dem Schrank gezerrt, angezogen, auf den Boden des Nichtstaugens verbannt hat. Alltag. Was die ganze Klammotten-Schminke-Katastrophe der einzelnen auf den Höhepunkt bringt, sind sogenannte Vorzeige-Feten. Hä? Wir kennen sie alle. Jaja, die guten alten Festlichkeiten, zu denen wir per Zufall oder als Anhängsel eingeladen werden, um sich mit den anderen Anhängseln einen Wettstreit um die bessere Figur zu liefern und als Anhängsel an der Seite des Liebsten kleben, der einen stolz herumführt und Kollegen und Freunden und Altbekannten und Familienmitgliedern – Fremden—vorstellt. Währenddessen fühlt frau sich wie auf dem Präsentierteller.

Es ist wie verhext.

Selbst wenn man dann eingesehen hat, dass es nichts bringt, sich nur für andere in hauteng Skinny-Jeans und kurze, nicht allzu kurze, aber schön anzusehende Oberteile zu zwängen, also eine gesunde Einstellung (auch Scheiß-egal-Einstellung genannt) und zufrieden mit sich selbst ist, auch allem Grund dazu hat: diese Schreiorgiemomente werden nicht verschwinden. Es kommt nur drauf an wie man damit umgeht.

»Lächeln und winken, Frauen und Mädels, winkt sie an eurer Kehrseite vorbei!«

An die Jungs

Es ist schon wie verhext.

Zeigen sie Emotionen, werden sie als zu sensibel und geradezu unmännlich abgestempelt. Tun sie es nicht, wirken sie unempathisch und kalt. Sie geben vor stark zu sein, wenn sie es nicht sind und zeigen Schwäche in Situationen, die Stärke erfordern – zum Beispiel beim Müllrausbringen.

Mängel und Zweifel versuchen sie mit gutem Aussehen zu komprimieren und der fehlende Stolz wird entweder mit tiefem Schweigen oder einer großen Klappe ausgeglichen und von Selbstvertrauen ohne Selbstakzeptanz soll auch die Rede sein. Mann ist entweder sport- oder autobegeistert und wenn keins von beiden, dann nicht zu gebrauchen. Der Hang zu Videospielen und Bier macht diese nicht vorhandenen Kompetenzen dann aber meist wieder wett und somit ist er auf den Klatsch-und-Trasch-Treffen im Baumarkt Gang 5 bei den Dübeln und Schrauben meist herzlich willkommen.

Sie haben es auch wirklich nicht leicht, die

Jungs.

In einem Moment ist man noch ein unbeschwerter Lausbub, im nächsten wird verlangt, seine Gefühle weitestgehend runterzuschrauben und stattdessen die muskulären Vorzüge in den Vordergrund zu stellen und wenn die fehlen, ja dann musst du dir was einfallen lassen. Das wird meistens genau in der Zeit gefordert, in der sowieso nichts an seinem Körper an der richtigen Stelle zu sein scheint, ganz im Gegenteil, bei unkontrollierbaren Wachstum von Bart, Pickel und Gliedmaßen verliert (Fast) Mann ungern, aber dennoch schnell den Überblick.

Und es wird nicht leichter, denn wenn er dann irgendwann die eigenen Zweifel aus der Welt geräumt hat, so darf er die gleiche Arbeit bei Freundin, Frau und Co. leisten. Das im vierwöchigen Zyklus, wo nur Schokolade und Chips helfen und man nicht zu viel, nicht zu wenig und erst recht nicht das falsche sagen darf. Frau macht es Mann nicht gerade einfacher.

Aber zu einfach soll es ja auch nicht sein, immerhin bleibt den Jungs doch vieles erspart, was uns Mädels von den übernatürlichen Weiten des Universums aufgebürdet wurde, allein was das

Anziehen und den morgendlichen Gang auf die Waage und das daraus resultierende schlechte Gewissen betrifft. Überhaupt haben sie es in vielen Bereichen leichter, dank Testosteron im Sport und dem Willen des Alls bei langen Autofahrten ohne Raststationen, nur der baumlosen Weite der Ebene am Rande der Straße.

Aber trotzdem: unsere Jungs werden meist genauso fremdgesteuert und von der Gesellschaft in Schuhe gesteckt, die ihnen seit dem Wachstumsschub in der siebten Klasse gar nicht mehr passen.

Man kann diese zwar nur selten ausziehen, aber naja, die Schuhspitzen kann Mann ja immernoch abschneiden.

Immer wenn es regnet

Seine Augen glänzen. Blau sind sie und am Rand leicht gräulich. In ihnen spiegelt sich der Schimmer der Regentropfen, die von seinen vordersten, ihm nass ins Gesicht hängenden Strähnen tropfen. Er lächelt verlegen. Sie folgt seinem Beispiel. Verlegen. Schüchtern. Erfreut.

Es war der scheußlichste Tag der gesamten Woche, eine wahre Sintflut kam vom mit Schauerwolken drohenden Himmel herab, fast so, als wolle Gott das Arche-Noah-Dilemma nachahmen. Es war Ende September und es sollte ein zukunftsprägender Tag werden, was allerdings keiner der beiden wusste, denn garantiert wurde nichts, selbst das Wetter nicht.

Mit ein wenig Abstand kauern sie da, auf seinem alten, blauen Handtuch, über ihnen das Dach eines hölzernen Pavillons, vor ihnen die triste Umgebung in Weltuntergangsstimmung. Gespannt sehen sie dem kleinen Springbrunnen zu, der ab und an eine Fontäne in die Luft jagt, fast als fürchte er, die Erde würde zu wenig Wasser abbekommen.»Sag mal, bist du kuschelbedürftig?«Ihre Miene scheint wohl ein einziges Fragezeichen zu sein, doch ehe er etwas hinzufügen kann, nickt sie. Komisch kommt ihr diese Frage vor, vielleicht weil es das erste Mal ist, dass sie ihr gestellt wird. Sie hat ihr Herz einen Schlag aussetzen lassen, so unerwartet war sie gekommen und so seltsam schön war sie formuliert gewesen. Vielleicht, weil er sie gestellt hatte.Bevor sie sich versieht, ist da sein Arm, der sich vorsichtig über ihre Schultern legt, sein Lächeln, das ihr keine andere Wahl lässt, als es zu erwidern.Schweigen. Nur das Auftreffen des Regens und der kleinen Fontäne ist zu hören.

»Wollen wir zusammen sein?«

Es ist ein Instinkt, der sie bejahen lässt, ein Akt, von dem Herzen gesteuert, denn ihr Kopf hat dieser simplen Frage gewiss nicht die Bedeutsamkeit zugerechnet, die sie verdient hatte.

»Ja.« Erleichterung und die einsetzende Freude übermannen seine Züge, doch ihr darauffolgendes »Aber« lässt ihn kreideweiß werden.

»Sollten wir das nicht irgendwie besiegeln?« Gemeint ist ein Kuss. Er versteht nicht ganz, was genau fordert dieses Mädchen da von ihm, vor ihm sitzend und ... just in diesem Moment seine Freundin werdend?

»Egal.«

Ein Lächeln. Nur wenige Minuten später, stehen sie auf, wagen sich in den Himmelsguss hinaus, unter einem Regenschirm nebeneinander herlaufend. Wie damals, als sie sich vor gar nicht allzu langer Zeit kennengelernt haben. Bis jetzt war der Regen immer ein gutes Zeichen, denn er brachte sie zusammen. Er greift nach ihrer Hand, sie lässt es zu. Die Wärme des jeweils anderen durchströmt sie, oder es ist das innerliche Strahlen, dass sie gegenseitig zum Schmunzeln bringt.

Was es auch war – immer wenn es regnet, denke ich daran. Und nicht selten läuft zufällig ein Lied im Hintergrund, in meinem Kopf, wenn draußen die Welt versucht erneut unterzugehen. »Immer wenn es regnet, muss ich an dich denken, wie wir uns begegnen, kann mich nicht ablenken. (...) Um uns war es laut und wir kamen uns nah.«

Für S.

Wie ein Fisch im Nebel

Es gibt solche Momente, da will man einfach nichts und niemanden mit seiner Anwesenheit bereichern. Das sind diese Momente, in denen man einfach weder reden noch hören noch sehen will. Einfach. Weg. Von. Hier.

Dass das eine dieser Situationen ist, aus denen es trotz aller Mühen und Hoffnungen kein Entkommen gibt, hab ich spätestens dann festgestellt, als ich über die Schwelle des an sich gemütlichen Wirtshauses schritt, über den Rand meiner Maske lugte und sie sah, sie förmlich schmecken konnte: den Duft der unumgänglichen Selbstdarstellung. Neben dem Geruch von Knödel und Cordon Bleu, aber die Fahne an egozentrischer Selbstironie und detailreicher Tragödienbeschreibung wehte zu mir in den Eingangsbereich und überdeckte alles. Wie Nebelschwaden, die in der Luft hingen, so dicht, dass ich gerade so meinen Cousin dahinter erspähen konnte, aufgebretzelt wie nie zuvor, sich einen Weg zu uns bahnen zu versuchte. Vorbei an der akkurat gedeckten Tafel, an sämtlichen Gästen, allesamt ahnend, dass diese Festlichkeit sich über Stunden erstrecken wird, bis er vor meiner Wenigkeit zum Stehen kommt. Zu mir hinunterblicken, ja sich fast schon bücken muss und bei unserer freundschaftlichen Umarmung in eine unangenehme Haltung verfällt. Gott bewahre ihn.

Da ich meinen Part erledigt zu haben scheine, schlurfe ich es so gut wie in einem engen Kleid möglich hinüber zu dem mir nicht deutlich vorgesehenen Platz, schmeiße meine Handtasche unter den Tisch und lass mich meiner Großmutter gegenüber in meinen Stuhl plumpsen. Sehe ihr Lächeln. Erwidere es erzwungenermaßen.

Während ich meinen Kopf mit sämtlichen Gedanken bombardiere, von wegen nicht einfach unter den Tisch zu kriechen und sich von Oma das Essen herabreichen zu lassen, das das geschäftige Personal in dampfenden Behältern hereinträgt, ist so gut wie jeder damit beschäftigt, dem anderen sein Leben und Leid auf die Nase zu binden. Corona hat uns ja alle schrecklich lang den Kontakt verboten, schlimm war das – obwohl wenn ich mich so umsehe, ich nur bei jedem dritten sagen kann ich hätte ihn nicht vergessen.

Die Applewatch-Vegetarier-Tante einen

Tisch weiter zum Beispiel, die hätte ich jetzt nicht unbedingt auf Biegen und Brechen antreffen müssen. Ihre beiden Jungs, weder an nahrhaftes Fleisch noch an Zucker gewöhnt, haben mir auch nicht sonderlich gefehlt. Und als ich meiner Cousine einen scheelen Blick zuwerfe, weiß ich, dass sie es genauso sieht, ist es nicht ihre Tante väterlicherseits, die da dem nicht gerade interessierten Publikum einen Vortrag über ihre neuste Errungenschaft hält, einen Staubsaugroboter, mmh genau.

Aber brauchen tut sie den ja eigentlich nicht, denn eigentlich, nur wenn sie barfuß im Haus läuft, weil eigentlich saugt sie ja nicht jeden Tag. Eigentlich.

Ich spiele gelangweilt mit den kleinen hölzernen Fischchen, die gerade dazu verleiten, liegen sie nicht völlig deplatziert als Deko herum.

Ich fühle eine gewisse Empathie zu ihnen :)

Straßenlaternensterne

Das gelb-orange Licht der Straßenlaternen spiegelt sich in ihrer beiden Pupillen wider, ein matter Glanz, reflektiert von der Frontscheibe des Autos. Die Stadt scheint ruhig, völlig leer und mit dem warmen Licht der Straßenlaternen durchflutet, nur hier und da treibt die Dunkelheit zusammen mit der Kühle der Nacht ihr Unwesen.

»Wenn wir jetzt weiterfahren, dann sind wir morgen Mittag in Italien.«

00.31 zeigen die rot leuchtenden Ziffern der Anzeigetafel der Sparkasse, die sie gerade passieren, unauffällig, ruhig, ohne Aufsehen auf sich zu ziehen. Er wirkt konzentriert, trotz der menschenleeren Straßenzüge, sie wirkt benommen, trotz der Tatsache, dass sie seit Stunden nichts anderes als Cola getrunken hat. Vielleicht war genauso das der Fehler in der Gleichung des heutigen Abends. Aus dem Radio dringt eine heiter klingende Melodie, doch selbst die ist nicht in der Lage, die dichten Gedankenschwaden hinter ihrer Stirn zu lichten. Häuserreihen ziehen an ihren Augen vorbei, die halb geschlossenen gegen die Schatten der Fassaden blinzeln. Sie hätte doch etwas trinken sollen. Sie bereut es ein wenig, es nicht getan zu haben. Sie sieht zu ihm hinüber, immernoch fokussiert auf die Fahrbahn, er weiß ihre Gedanken nicht, noch nicht.

Sie denkt an die vergangenen Stunden. An ihr Lachen, an ihre Fröhlichkeit. Jetzt kommt ihr eben diese unrealistisch vor. Wie eine Maske. Aufgesetzt. Um das Wesentliche, das nicht zu Übersehende zu verdecken. Vielleicht war es falsch. Aber etwas anders wäre ihr nicht geblieben. Und der Alkohol hätte vielleicht den Abend gerettet, ihre Gedankenströme verlangsamt, sie vielleicht vergessen lassen, nur damit das Vergessene sie am nächsten Morgen übermannt und niederschmettert. Härter, stärker als nun.

Sie schluckt, schließt die Augen. Spürt jedes Schlagloch ihren Körper in Bewegung versetzen, spürt wie er dabei ist, sich von ihrer Seele zu lösen. Wie ihr Kopf es immer weiter schafft, sie machtlos werden zu lassen, ihren Körper blockiert.

Jede noch so kleine Bewegung zu anstrengend, um sie durchzuführen, jedes Wort, jeder

Satz und ist er noch so kurz, zu lang, um ihn klar und deutlich auszusprechen. Leise ist sie, ihre Stimme. Stumm ist sie, fast während der gesamten Fahrt. Ihr Blick glitt in die Leere und überhaupt, er hängt immernoch darin fest, wie in einem Netz, wie als wäre er gefangen genommen worden von — ja von was eigentlich?

Ihre Beine scheinen bleischwer, sie merkt, wie sie strauchelt, ein wenig, aber genug, um es selbst wahrzunehmen.

»Alles gut?«

Sie nickt. Weder überzeugt, noch wahrheitsgemäß ist diese tonlose Antwort. Sie hätte etwas trinken sollen. Aber dann — dann wäre sie nicht besser als sie. Dann wäre sie womöglich wie sie. Nein. Nicht heute.

Sie weiß nicht, wie er es geschafft hat sie zum Reden zu bringen. Sie kann nicht begreifen, was das ist, was über sie Besitz ergriffen hat, von der einen auf die nächste Minute. Oder doch schon seit einiger Zeit?

»Ich weiß, wer ich bin.« Er nickt.

Luna Winkler

„love and spirit is all you need." Hi, ich bin Luna ;) Ich bin 16 Jahre alt und schreibe für mein Leben gern, schon mein Leben lang! Angefangen in der 2.Klasse war das Geschichten schreiben meine erste große Leidenschaft und das gilt neben Musik und Sport bis heute⬜ Im Alter von 13 Jahren habe ich mit meinem Erstlingswerk begonnen, der Roman „Recruited" wurde im Dezember letzten Jahres veröffentlicht. Mein Ziel: zurückgeben, was mir die Bücher jahrelang gegeben haben. Inspiration. Und was ist schon inspirierender als Worte?

Alle Storys von Luna Winkler zu finden auf
www.story.one

schreib's auf
story.one

Viele Menschen haben einen großen Traum: zumindest einmal in ihrem Leben ein Buch zu veröffentlichen. Bisher konnten sich nur wenige Auserwählte diesen Traum erfüllen. Gerade einmal 1 Million publizierte Autoren gibt es derzeit auf der Welt - das sind 0,013% der Weltbevölkerung.

Wie publiziert man ein eigenes story.one Buch?

Alles, was benötigt wird, ist ein (kostenloser) Account auf story.one. Ein Buch besteht aus zumindest 15 Geschichten, die auf story.one veröffentlicht werden. Diese lassen sich anschließend mit ein paar Mausklicks zu einem Buch anordnen, das sodann bestellt werden kann. Jedes Buch erhält eine individuelle ISBN, über die es weltweit bestellbar ist.

Auch in dir steckt ein Buch.

Lass es uns gemeinsam rausholen. Jede lange Reise beginnt mit dem ersten Schritt - und jedes Buch mit der ersten Story.

#livetotell